Conselhos à minha filha

NÍSIA FLORESTA

Conselhos à minha filha

Principis

Esta é uma publicação Principis, selo exclusivo da Ciranda Cultural
© 2025 Ciranda Cultural Editora e Distribuidora Ltda.

Texto
Nísia Floresta

Produção editorial
Ciranda Cultural

Editora
Michele de Souza Barbosa

Diagramação
Linea Editora

Preparação
Walter G. Sagardoy

Design de capa
Vanessa Marine

Revisão
Mônica Glasser

Ilustrações
Vicente Mendonça

Dados Internacionais de Catalogação na Publicação (CIP) de acordo com ISBD

F634c   Floresta, Nísia.

Conselhos à minha filha / Nísia Floresta. - Jandira, SP : Principis, 2025.
80 p. ; 15,5cm x 22,6cm.

ISBN: 978-65-5097-297-4

1. Literatura brasileira. 2. Romance. 3. Mulher. 4. Feminismo. 5. Desigualdade social. 6. Conselhos. 7. Família. I. Título.

CDD 869.89923
2025-1717   CDU 821.134.3(81)-31

Elaborado por Odilio Hilario Moreira Junior - CRB-8/9949

Índice para catálogo sistemático:
1. Literatura brasileira: Romance 869.89923
2. Literatura brasileira: Romance 821.134.3(81)-31

1ª edição em 2025
www.cirandacultural.com.br
Todos os direitos reservados.
Nenhuma parte desta publicação pode ser reproduzida, arquivada em sistema de busca ou transmitida por qualquer meio, seja ele eletrônico, fotocópia, gravação ou outros, sem prévia autorização do detentor dos direitos, e não pode circular encadernada ou encapada de maneira distinta daquela em que foi publicada, ou sem que as mesmas condições sejam impostas aos compradores subsequentes.

Esta obra reproduz costumes e comportamentos da época em que foi escrita.

Sumário

Dedicatória da 1ª edição 9

Quem foi Nísia Floresta 11

12 de janeiro de 1842 15

Prefácio 17

Conselhos à minha filha 21

Máximas e pensamentos para minha filha 49

Excertos da obra de Nísia Floresta Brasileira Augusta 63

"Por que [os homens] se interessam em nos separar das ciências a que temos tanto direito como eles senão pelo temor de que partilhemos com eles, ou mesmo os excedamos, a administração dos cargos públicos que quase sempre tão vergonhosamente desempenham?"

– Nísia Floresta

Dedicatória da 1ª edição

Minha filha, obrigada por me permitir reimprimir estes conselhos, que há três anos te ofereci. Decidi não mudar nada na simplicidade deles, apenas acrescentei quarenta pensamentos que, também dedicados a você, te ajudarão, pelo número, a pensar naquele período de minha vida de que tanto tenho falado, almejando compartilhar um modelo de virtudes de que tenho me esforçado para te inspirar a nutrir.

Quem foi Nísia Floresta

Em 12 de outubro de 1810 nascia Nísia Floresta Brasileira Augusta, pseudônimo de Dionísia Gonçalves Pinto, em Papari, RN, cidade que agora leva seu nome. A educadora, escritora e poetisa viveu ainda em diferentes estados brasileiros e na Europa, e é considerada a primeira feminista brasileira. Seu primeiro livro, *Direitos das mulheres e injustiça dos homens*, foi escrito aos vinte e dois anos. Influenciada pelos escritos de Mary Wollstonecraft, Nísia propõe às mulheres novas perspectivas quanto ao seu papel na sociedade. A obra foi dedicada às brasileiras, de quem Nísia espera que:

"[...] longe de conceberdes qualquer sentimento de vaidade em vossos corações com a leitura deste pequeno livro, procureis ilustrar o vosso espírito com a de outros mais interessantes, unindo sempre a este proveitoso exercício a prática da virtude, a fim de que, sobressaindo essas qualidades amáveis e naturais ao nosso sexo, que até o presente têm sido abatidas pela desprezível ignorância em que os homens, parece de propósito, têm nos conservado, eles reconheçam que o Céu nos há destinado para merecer na sociedade uma mais alta consideração."

No decorrer dos anos, até seu falecimento em 1885, escreveria outras catorze obras, hoje prestigiadas mundialmente, defendendo os direitos das mulheres, dos povos indígenas e das pessoas escravizadas. Nísia também teve participação ativa nas campanhas abolicionista e republicana.

Movida por essas ideias, aos vinte e oito anos ela abriu uma escola para meninas. O ano era 1838, e no Brasil reinava Dom Pedro II; época em que o ditado popular "o melhor livro é a almofada e o bastidor" estava em alta e representava a realidade imposta a muitas mulheres.

Fortemente influenciada pelo filósofo Augusto Comte, pai do positivismo, com quem conviveu durante suas viagens à

Europa, Nísia Floresta entendia as mulheres como importantes figuras sociais, dotadas de uma identidade fundamental para o crescimento das sociedades.

Os direitos das mulheres ao voto e a trabalhar mesmo sem autorização do marido só viriam cem anos depois. Quando tinham a oportunidade de ir à escola e aprender, só lhes eram ensinados a costura, os cuidados com o lar, as boas maneiras e as virtudes morais de uma boa mãe e esposa.

O cenário mudou quando a escola de Nísia Floresta, instalada na rua Direita nº 163, no Rio de Janeiro, sob o nome Colégio Augusto, passou a ensinar gramática, escrita e leitura do português, francês e italiano, ciências naturais e sociais, matemática, música e dança às meninas.

Tais feitos renderam a Nísia não somente críticas pedagógicas, mas também ataques à sua vida pessoal.

Nísia Floresta defendeu o direito à educação científica para meninas, fundando a base de gerações de mulheres que hoje estão em escolas e universidades, aprendendo e ensinando.

No Brasil imperial do século XIX, Nísia Floresta foi a primeira educadora a defender o direito à educação científica para as meninas. *Conselhos à minha filha* foi a primeira obra autoral de Nísia Floresta, lançada em 1842, e é um dos textos mais bem-sucedidos da autora, com edições traduzidas para o francês e o italiano. Como o nome sugere, o texto foi escrito como conselhos da autora para a própria filha, com o objetivo de que a menina seguisse o caminho que a mãe julgava prudente, considerando a época em que viviam.

12 de janeiro de 1842

Eis o primeiro dia do ano para mim! Ele me recorda, mesmo no luto que sinto em meu coração, o nascimento de meus queridos filhos, me fazendo sentir o doce conforto de suas inocentes carícias, ventura preciosa e digna de ser preferida entre todas as outras venturas!

Hoje é teu aniversário, minha querida filha. Você completa doze anos às 21 horas. Hora em que também veio ao mundo tua mãe! O que posso te oferecer neste dia, que seja digno de ti e de minha ternura? Alguma roupa linda? Não, pois ela não falará sobre tua mãe, nem mesmo servirá como algo mais que um enfeite passageiro, cujo luxo tenho te ensinado a desprezar. Aceita, portanto, minha filha, estes conselhos singelos que, há pouco mais de um mês, escrevi para você. Acredito que eles serão mais úteis do que esses enfeites da moda, se, como eu espero, você fizer bom uso deles.

Tua sensível mãe, tua melhor amiga.

N. F. B. A.[1]

---

[1] Nísia Floresta Brasileira Augusta: Floresta remetia ao grande pedaço de terra que a família Gonçalves Pinto possuía; Brasileira pelo orgulho que sentia de ser brasileira; e Augusta em homenagem ao grande amor de sua vida.

Prefácio

Há no mundo um sentimento que excede a todas as paixões da alma; todas as afeições lhe são inferiores e nenhuma disputa seu espaço; ele é único, imenso, verdadeiro, e seu império atravessa os séculos, as nações, os costumes, de forma que nem mesmo os costumes, as nações e os séculos influem em sua essência: ele se conserva em sua pureza, indiferente às mudanças ou mesmo à morte.

Muitos têm tentado descrevê-lo, mas ninguém chegou a um resultado, senão um fraco esboço de sua incompreensível grandeza, porque só um coração pode senti-lo...

A impetuosa mocidade tem a presunção de compreendê-lo, atribuindo a esse delírio, chamado vulgarmente de amor, definições diversas: o bravo dirá que é a glória, o amigo o chamará de amizade e, assim, cada um tentará nominá-lo segundo sua paixão dominante. Mas os outros sentimentos estão bem distantes desse que tento descrever. O amor, a amizade, a glória... têm sempre um final, são seguidos sempre por um interesse oculto, sem o qual, se não morre, definha; mas o sentimento único de que falo – o sentimento celeste! – nasce e cresce sem nenhum final, sem interesse algum. Você, minha querida filha, você, para quem escrevo, não consegue compreendê-lo, muito menos adivinhá-lo, apesar de ser ele quem me motiva a escrever estas linhas. Uma mãe... Ah! Só uma mãe, lendo-me, pode ter adivinhado desde o princípio a qual sentimento me refiro!

Sim, o sentimento maternal está além de todas as paixões humanas. Afinal, só uma mãe é capaz dos maiores sacrifícios sem ganhos, sem recompensas, nada mais do que o próprio amor.

O bravo, quando vai à guerra defender a pátria de inúmeros perigos, é porque aspira a uma grande glória, é pelo nome honroso que deseja deixar estampado nas longas páginas da história.

O sábio, que permanece em seu gabinete trabalhando para melhorar os costumes do seu século, espera que seu país lhe deva algo. O amante aguarda uma época favorável em que espera ser compensado por seus longos sofrimentos e sacrifícios com um casamento feliz. O amigo baseia a sua amizade na estima e na qualidade do seu amigo. Porém só uma mãe ama seus filhos com um inteiro e verdadeiro interesse. Se ele é virtuoso, ela o ama feliz; se ele não o é, segue amando-o um pouco entristecida; mas o ama sempre, e o ama com um sentimento mais poderoso, a compaixão!

Por isso, uma mãe é o título mais terno e mais doce que há na natureza, e o único que exprime todos os sentimentos da alma, os mais sublimes e puros afetos.

Se há no mundo um título que enobreça a mulher é, sem dúvida, o de mãe: é ele que lhe dá verdadeira importância na sociedade. Feliz é aquela que sabe, dignamente, preencher com sentimento de grandeza todas as suas obrigações! Doces obrigações, cujo exercício ameniza o complicado caminho da vida e torna suportável o peso da desgraça e da tristeza que tanto oprime.

É a esse sentimento, filha querida, que eu devo os únicos momentos de real alegria que vivi neste mundo; foi ele, inclusive, que me fez querer estudar, na esperança de poder, um dia, te dar as primeiras lições, e que me deu forças para suportar os terríveis obstáculos que se apresentaram em meu caminho; afinal, eu me encontrava só no mundo: mulher fraca, sem apoio e sem dinheiro! É enfim a ele que você deve tua mãe, porque, ao desejo de preenchê-lo religiosamente, diminuiu o desespero que eu sentia com a perda irreparável de teu bom pai!

Foi nesse terrível momento que, como um eclipse total que esconde de meus olhos o sol, vi desaparecer do mundo essa cara-metade de minha alma e, com ela, o feliz porvir que a nossa ternura havia imaginado. Foi nesses momentos de dor que o grito maternal mais se fez ouvir em meu coração, me fazendo conhecer o sublime, pois eu desejei viver, mesmo que seu pai não estivesse mais aqui. "*Ele morreu...*", eu pensava no delírio de minha dor, "*mas nossos inocentes e queridos filhos, imagem sua, me cercam ainda, e estão órfãos!*".

"*O mundo e seus fantasmas não podem me oferecer nada além de dolorosas recordações, dias seguidos de lágrimas e de saudade! Porém, agora, mais que nunca, essas bênçãos que recebemos estão precisando da mãe, que é único apoio que lhes resta, por isso, viverei para elas.*" Esforços silenciosos que só podem ser compreendidos por uma mãe em iguais circunstâncias! Eis, pois, minha querida filha, o sentimento sagrado que me anima a escrever estas palavras, que dedico à tua verde razão, e sobre as quais espero que você reflita. Lembrando que para escrevê-las, como estou ocupada com os trabalhos de seu colégio durante o dia, escolhi o silêncio da noite, preferindo ocupar-me de você nessas horas, no único e rápido repouso que me é permitido ter.

Conselhos à minha filha

Você vai completar teus doze anos! Eu escrevo, então, para a minha inocente Lívia, que nada conhece do mundo senão os cuidados que tenho lhe dado durante a infância; nessas circunstâncias, vou procurar adequar a minha linguagem à tua compreensão infantil, te apresentando, de um modo simples e claro, os deveres e as virtudes filiais. Não quero, nem desejo, antecipar tuas ideias sobre conhecimentos mais profundos, esses que os anos e os estudos te farão aprender, mas espero que a ternura e a experiência de tua mãe possam te servir de guia no caminho da vida. Por ora, falo à minha pequena Lívia. Espero que ela consiga, apesar da idade, me ouvir com a atenção de uma filha, cuja felicidade jurei sobre o túmulo de seu pai.

As virtudes filiais são as primeiras que desejo te inspirar, afinal, são as que servem de base para todas as outras que virão a seguir. Vou te contar uma história de ternura e de adesão de uma filha a seus pais, pois estou certa de que a narrativa falará melhor com a tua alma do que longas teorias, dessas que, às vezes, cansam mais do que penetram em um coração tão novo como o teu.

Vou te narrar algumas passagens da minha infância, mas não ache que tenho a pretensão de te persuadir virtudes que nem mesmo eu carrego. Eu tinha pouco mais que tua idade quando, em 1824, o horror da guerra civil se colocou em meus olhos, destruindo rapidamente a tranquilidade do meu querido pai!

Por vezes, o vi a ponto de sucumbir ao golpe do assassino; por vezes, minha alma tremeu e detestou os homens cuja maldade diminuía a inocência e a virtude nesses tempos de horror e desolação! Foi nessas grandes crises que eu, guiada por um verdadeiro amor filial, achava em meu coração uma coragem superior à minha idade. Eu consolava minha mãe desolada de dor, tremendo pela preciosa vida de seu bom esposo; eu também procurava adoçar a existência de meu pai com cuidados afetivos e uma constante obediência aos seus sábios preceitos. Quantas vezes o meu coração pulava de alegria ao ouvi-lo exclamar: "Oh! minha filha! Quão feliz eu sou em tê-la comigo!".

Mesmo depois que o destino trouxe as tristezas à minha juventude e ainda me oprimiam intensamente, a mesma exclamação escapou furtivamente de seus lábios. Eu era a filha predileta do seu coração, e nada poupava para provar-lhe que o merecia.

De dia, eu me ocupava não só em atender a seus maiores desejos, mas também em ouvir com profunda atenção as instruções que ele me dava, para um tempo em que (dizia com uma aparente calma) já não existiria para guiar meus incertos passos em um mundo cheio de seduções e de infidelidades! À noite, prostrada ante a imagem do Todo-Poderoso, eu lhe rogava, com o mais religioso pensamento, que preservasse meu pai, protegendo-o sempre da ira dos homens maus! Muitas noites passei assim, e a aurora surgia para clarear meu quarto sem que eu tivesse descansado; a vida de meu pai estava em perigo!

Apesar de minha extrema juventude, esse bom pai julgava-me digna de sua confiança. Dessa forma, eu estava sempre junto à minha querida mãe em todos os planos que os dois faziam nesses tempos sombrios.

Quando ele foi forçado a abandonar imprevistamente sua casa e a procurar um asilo, um lugar que pudesse lhe servir de abrigo e escondê-lo de seus cruéis perseguidores, era eu quem recebia suas correspondências, e, sabedora do seu secreto esconderijo, todas essas informações eu soube religiosamente guardar, apesar das investidas de seus inimigos sobre mim, com sórdidas mentiras na tentativa de iludir minha inocência para poder capturá-lo. Entretanto, com que ternura e cuidado meu pai seguia se ocupando de minha felicidade, mesmo em meio às maiores perseguições de seus inimigos. Ele comumente esquecia os próprios interesses e a própria existência para cuidar de sua família, e particularmente zelar pela minha ingênua juventude!

Uma longa vida passada na obediência e na atenção filial não compensaria tantas bondades e tanta indulgência. Mas ai de mim! Ele se foi tão cedo, e eu, infeliz, pois não tive nem mesmo a triste consolação de vivenciar seu último suspiro!

A você, querida filha, menos infeliz que tua mãe, foi permitido chorar sobre os restos de teu pai; minha ternura o colocou em um santo abrigo, onde durante cinco anos você visitou, assim como teu inocente irmão, e ali podia recordar, apesar de tua pouca idade, a perda de teu inestimável e querido pai, que, semelhante à tenra flor que furiosos ventos derrubam quando apenas começa a espargir seu precioso aroma, foi prematuramente ceifado pela mão da inevitável parca[2]!

É a lembrança desse pai amoroso que tenho me esforçado para despertar em tua memória, pois desejo que a grave e a carregue sempre contigo!

---

[2] Na mitologia grega, as parcas são três irmãs responsáveis pelo destino dos mortais. A história conta que uma delas era responsável por tecer o fio da vida, outra por cuidar da extensão dele pelo caminho, e, a última, por cortá-lo.

Conselhos à minha filha

Foi ele quem criou o plano de educação que, em meio às minhas tristes adversidades, ministro a você; é a vontade dele que ainda sigo a teu respeito. Lembre-se de que, se você cumprir as minhas expectativas, estará correspondendo também às dele, desse homem que ainda vive em meu coração e cujos ensinamentos tenho me esforçado em te apresentar.

"N... Meus filhos..." Estas foram as últimas sílabas que escaparam de seus lábios no fatal 29 de agosto que diminuiu minha felicidade...

Sem dúvida, ele queria dar orientações aos seus filhos, porém sua voz foi sumindo dos lábios já dominados pelo frio da morte..., mas seu eco reverberou até a parte mais profunda de meu coração e ali ficou gravado para sempre.

Oh! Minha Lívia! Filha querida de nossos corações, objeto de nossos mais caros investimentos, ouve a voz de tua triste mãe! Não iluda as minhas únicas esperanças nesta vida de dores!

Tua gentileza e ternura filial me prometem muito, tua grande compreensão, apesar da juventude, me faz acreditar que saberá focar seus esforços em interesses verdadeiros; assim, serei a tua guia, serei a melhor amiga de tua infância, a única que sempre te falará a linguagem da verdade.

A vivacidade do teu caráter me garante a força do teu espírito, mas, minha querida, a natureza, que me fez apreciar todos os encantos do amor maternal sem me poupar dos ardilosos abusos, me impõe o dever de te avisar: procure sempre contê-la, mas não ultrapasse os limites, siga com inteligência os deveres da tua idade!

Para ser boa, a vivacidade em uma menina deve ser moderada, sendo necessário haver modéstia em todas as suas ações.

Interiormente, aquelas que abusam desse encanto infantil são detestadas, pois isso que tanto nos atrai também é dirigido pela moléstia. Eu mesma, muitas vezes, já te mostrei, como em um espelho, o que te aguarda, se acaso tiver a desgraça de imitá-lo.

Seja sempre natural e simples: a simplicidade deve comandar as ações e os adereços de uma jovem em todos os estados e circunstâncias da vida, afinal, ela é a filha progênita da virtude. Seja amável sem pretensão de agradar, aja assim com tua mãe, tua família, tuas companheiras e todos os que te rodeiam; mas não faça isso visando ser enaltecida. Espero que a vaidade, essa escolha terrível da mocidade que tantas vezes assassinou a inocência, não se aposse de você jamais!

Apesar das minhas tentativas de te educar longe do turbilhão do mundo, algumas vezes a linguagem da lisonja vem ferir teus ouvidos. Ela é tão perigosa a uma jovem quanto a fraqueza de seus órgãos, pois dificulta distinguir o falso do verdadeiro e, por consequência, conhecer o veneno que esses elogios possuem. Apesar de eu ter falado desde que você era pequena sobre esse problema, temo, contudo, que ele deixe uma marca em teu espírito quando você começar a se desenvolver. Mas espero que o estudo e minhas constantes advertências te ajudem a seguir no caminho correto.

Se procuro abrir e facilitar para você o caminho das ciências, se me esforço para que você tenha uma educação, que, entre nós, é negada ao nosso sexo, é, sem dúvida, na esperança de que você, tendo acesso às saudáveis lições da sabedoria, procure dar ao teu espírito o realce das virtudes que o enobrecem, pois é o único caminho para torná-lo digno da estima e dos respeitos da sociedade. E como não pretendo dar à tua alma apenas uma leve ideia da ciência, que, dizem alguns, não ser necessária à mulher, eu não temo que a vaidade, vício desprezível que, geralmente, se atribui ao nosso sexo, infeccione o teu coração.

O verdadeiro sábio, você já deve ter ouvido falar, é aquele que mais julga não saber.

Entretanto, enquanto não chegamos a esse momento que eu tanto sonho para você, fique atenta e não deixe a vaidade te acorrentar. A vaidade pode fazê-la perder as qualidades do coração, sem as quais nada pode brilhar em uma mulher.

Siga praticando as virtudes inerentes à sua idade, aquelas que te ensinei com um carinho verdadeiramente maternal. Lembre-se desses exemplos de amor e de obediência filial que a história de todos os tempos nos apresenta, deseje imitá-los, assim teu coração se enobrecerá. Você conseguirá ver, nos primeiros acontecimentos do mundo, entre inúmeros exemplos, um Isaac[3] que se submeteu à morte para obedecer a seu pai, Abraão[4], assim como a recompensa que, por sua virtude, recebeu de Deus.

Atente-se àquela jovem que teve o pai condenado a morrer de fome em uma prisão, lugar que ninguém entrava sem ser revistado, e, tendo ela que passar pela revista antes de vê-lo, era impossibilitada de carregar alimentos. Por isso, lhe oferecia o próprio seio, salvando a vida de seu velho pai e deixando seu nome imortalizado na posteridade, onde as almas sensíveis a seguem cultuando[5]!

Que lindo exemplo nos oferece a história japonesa daquele moço que, para socorrer a mãe que estava doente, na miséria,

---

[3] Filho de Abraão e Sara, nascido de uma promessa de Deus quando o pai tinha mais de cem anos e mãe já não era fértil.

[4] É um dos primeiros patriarcas bíblicos, segundo o livro de Gênesis. Deus disse a ele que deixasse, junto de sua família, o local onde moravam e fossem rumo à "terra que eu te indicar". Nesse lugar, os descendentes dele formariam uma grande nação. É assim que o povo escolhido por Deus, os hebreus, conquistam a terra prometida de Canaã, um local de abundância e fartura.

[5] O texto se refere a Pero, filha de Címon, e sua história é um clássico da Roma Antiga que, conhecida como "Cáritas Romana", se tornou símbolo de devoção filial e de misericórdia. (N.E.)

obrigou seu irmão a fazê-lo passar por um bandido; isso porque o imperador havia mandado fixar um edital prometendo uma recompensa a quem capturasse um daqueles malditos ladrões!

E ainda há Noemi[6], cuja história oferece a você um bom exemplo de amor filial.

Com que ternura e admirável perseverança ela consolava sua sensível mãe, mesmo com pouquíssima idade! Com que resignação ela sofria a desgraça que a oprimia em países inóspitos e ainda animava a essa mãe, a quem acompanhava nos áridos desertos da Arábia, pedindo que esperasse de Deus, toda a bondade!

Oxalá, minha Lívia, assim como Noemi, persevere na virtude e me faça orgulhosa em te contemplar sempre digna de minha ternura e das bênçãos do céu!

Como são as virtudes cristãs que eu desejo te inspirar, é importante que eu baseie na religião todos os exemplos que te ofereço. É nesta santa religião que tento elevar sua alma, buscando te mostrar a necessidade de segui-la para ser feliz nesta vida ilusória, onde todas as coisas são escolhas; e em que, sem uma sábia orientação, a virtude mais profunda naufragará. Santa Inês[7] tinha pouco mais que a tua idade, quando

---

[6] É uma figura apresentada no Antigo Testamento, e sua história fala sobre os direitos dos estrangeiros e das viúvas, assuntos rejeitados por muito tempo.

[7] Inês tinha apenas doze anos quando recebeu um pretendente, porém, como havia prometido sua pureza a Deus, ela o negou. O homem decidiu denunciá-la por ser cristã (o que era proibido na época); a menina preferiu morrer a renunciar a seu compromisso com a santidade.

tentaram, por mil carícias e seduções, fazê-la renunciar a sua vocação, mas essa admirável menina preferiu ser queimada viva a profanar sua alma com sentimentos impuros!

Só uma alma vazia, minha filha, um espírito fraco, se ocupa dos encantos externos. Cultive as virtudes, e estas continuarão a germinar em teu coração.

"Ser obediente a seus pais, mesmo quando eles forem intratáveis e austeros; amá-los, apesar de seus vícios grosseiros e ingratidões, é uma virtude rara e de grande merecimento."

Reflita muito sobre esse belo pensamento: foi um santo homem quem o escreveu[8]. Foge desses filhos que reclamam de seus pais, por mais rigorosos que eles sejam, que os censuram e acreditam ser juízes de sua conduta! É o crime de Cam[9], filho de Noé, que vemos muitas vezes reproduzido em seus descendentes, crime que o Todo-Poderoso não deixa impune!

Não são menos perigosos aqueles filhos que veem em seus pais apenas o primário de sua vaidade e de seu orgulho, enxergando-os somente como aqueles que lhes devem satisfazer cega e loucamente os caprichos ou que precisam aplaudir, indiscretos, seus defeitos, achando-os belos. Tais filhos estarão sempre

---

[8] Ela se refere a Confúcio, o filósofo chinês. (N.E.)
[9] Filho de Noé, Cam e os seus descendentes foram condenados a viver como escravos porque ele viu a nudez do pai, um crime imperdoável.

em desgraça, pois não terão, como Santo Agostinho[10], uma Santa Mônica[11] por mãe, cujas súplicas pela conversão de seu filho chegaram ao trono do Todo-Poderoso e conseguiram fazê-lo triunfar apesar da pouca educação que seu pai lhe ofereceu.

A obediência é uma virtude que muito realça um filho. São Paulo[12], fazendo uma lista dos maiores pecadores, colocou nesse número os filhos desobedientes.

Obedece, porém, pelo amor que tem por você mesma, nunca porque teme as repreensões de sua mãe ou de seu mestre, pessoas que deve olhar com igual respeito enquanto ouvir suas lições. Obedecer por medo é uma obediência de escravo, por isso, deixa de ser virtude. Obedece pelo prazer de estar realizando todos os teus deveres. Do mesmo modo, pratica o bem pela doce satisfação de fazê-lo e foge do mal pela dolorosa impressão que ele deixa na alma de quem o pratica, assim como pelas horríveis consequências que ele traz.

Deus, minha filha, esse sábio autor que podemos ver quando nos pomos a observar a luz celeste, nos deu um juiz

---

[10] Reconhecido como o doutor da Igreja, por ter colaborado para ela ser conhecida como é hoje. Além disso, é considerado o padroeiro dos cervejeiros, impressores, teólogos e de inúmeras cidades.
[11] Padroeira das mães, a mãe de Santo Agostinho perseverou em oração até que seu marido e filhos estivessem convertidos e nas mãos de Deus.
[12] Foi apóstolo e um dos maiores pregadores do cristianismo depois de Cristo. É padroeiro de cidades que levam o seu nome.

extremamente severo para punir nossos atos na terra, mesmo antes de nos apresentarmos junto de seu divino trono; esse é um juiz cuja punição nos é impossível de escapar, ou, como às leis dos homens, iludir: a consciência!

Muitas vezes, os maus escapam à justiça da terra, sobretudo (para a vergonha dos admiradores dela) se a posição do culpado é privilegiada, isto é, se possui em abundância esse vil metal que na terra compra tudo, exceto a virtude. Eles parecem felizes no meio dos prazeres e, por momentos, vivem cercados de honras distribuídas pela sociedade; alguns fogem da pátria e dos objetos que representam seus crimes e, portanto, colocam entre eles e seus perseguidores uma barreira que julgam inacessível, acreditando ter encontrado a segurança e a felicidade! Mas – ah! – esses esforços são inúteis! Suas almas serão despedaçadas pelo monstro do remorso; tormento que, nesses casos, torna a morte preferível. Seu sono continuará sendo interrompido, e os afiados aguilhões da consciência o convencerão a cada instante de que nenhuma punição inventada pelos homens se igualará ao seu tormento.

O mau, minha filha, jamais poderá ser feliz, embora pareça, pois a felicidade é o resultado da virtude. Por isso, faz com que a tua conduta esteja sempre de acordo com a consciência, dirigindo tuas ações conforme os ditames da razão, para que a tua alma goze de uma calma que é preferível a todas as grandezas do mundo.

Seja condescendente e se habitue a sofrer com resignação as inconveniências da vida. Mantenha-se sempre boa e solícita em satisfazer as tuas companheiras, e, mesmo que isso seja como um sacrifício de tua vontade, procure provar a todos que você é mais feliz em satisfazer os desejos dos outros do que os teus próprios; faça com que as pessoas te amem pela tua generosidade, tuas atenções e tuas bondades, mas lembre-se de não se achar superior a ninguém. A vaidade só serve em uma alma pequena, em alguém que carrega uma educação medíocre.

O sábio não ri, mas se compadece do ignorante.

A caridade, a primeira das virtudes cristãs, nos proíbe de censurar as faltas do nosso próximo com escárnio.

Além disso, sempre se recorde de que, por mais elevada que seja a tua educação, você ainda vai carregar defeitos, pois faz parte da espécie humana; e, para que eles sejam menos gritantes, procure suportar com paciência e generosidade os defeitos dos outros, assim, terá com eles direitos iguais.

Quando estiver com companhia, mostre sempre mais benevolência àqueles que se acharem mais constrangidos ou, quem sabe, menos favorecidos pela fortuna ou pela natureza.

Se dedique sempre ao oprimido; os desgraçados têm direito à nossa proteção e amizade.

Prefira sempre a virtude diante de qualquer situação que surja.

Se acostume a não julgar as coisas pelo exterior; baseie o teu juízo em provas mais reais, procurando vencer essa fraqueza da mocidade, pois ela está sempre pronta para definir as primeiras e mais perigosas impressões!

Muitas vezes, as mais bonitas virtudes se encontram em feias aparências; por isso, tenha uma certeza: ela habita com mais frequência a casa pobre do trabalhador do que o rico casarão do patrão. Portanto, não se iluda com as aparências.

Quando algum infeliz implorar tua ajuda, corra para socorrê-lo, nem mesmo se questione se sua desgraça é ou não merecida, não se importe com a forma como ele se apresenta, não seja como aqueles que, quando vivem bem, usufruindo de todas as comodidades, esquecem que seria possível realizar uma mudança que permitiria compartilhar com todos um destino bom e igualitário.

A calúnia pode envenenar tudo, e aqueles desfavorecidos pela fortuna são sempre as primeiras e mais tristes vítimas de seus disparos!

Mostre-se sempre mais humana para com essas pessoas, afinal, os outros têm uma sociedade que, premiando raras vezes o verdadeiro merecimento, os presenteia todos os dias, conferindo a eles todas as honras e sortes possíveis... Deteste com horror o interesse, minha filha, nem se deslumbre com a aparente beleza das grandezas do mundo. Aqui, tudo é passageiro e transitório! São felizes somente aqueles que firmam seu império na virtude.

Seja generosa, minha querida! A generosidade é um sentimento sublime, digno de uma alma bem formada; aproveite com alegria as ocasiões em que puder exercitar esse dom; e, se a pessoa que a recebe julgar-se não merecedora, não há necessidade de tentar convencê-la de que está errada.

Pratique o bem, eu repito, pelo prazer de fazer com que o teu próximo se sinta feliz; além disso, não deseje vingança nem mesmo contra o teu maior inimigo (se, por acaso, tiver a desgraça de ter algum), seguindo, dessa maneira, o maior preceito de Jesus Cristo: "Paga o mal com o bem".

Sim, minha filha, a vingança é um sentimento tão vil que deixa a alma que a pratica impossibilitada de conceber qualquer sentimento virtuoso, enquanto a generosidade que demonstramos, inclusive a quem já nos ofendeu, nos possibilita as mais doces bênçãos.

Consulte o teu coração quando acabar de fazer qualquer boa ação e o sentirá muito satisfeito! Muito tranquilo! Mas se tiver a infelicidade de trazer sofrimento a um semelhante, teu coração se fechará, e o pior dos tormentos, esse que falei há pouco, virá morar dentro dele. Compare, pois, esses dois sentimentos e você reconhecerá naquele o prêmio da virtude, e neste a punição do crime.

Faça o bem sem ostentação, procurando cuidadosamente escondê-lo de todos e, se for possível, daqueles que você ajudou.

Seja omissa em declarar o bem que fizer, mas esteja pronta para repercutir o que receber, pois as vozes da gratidão devem ser gritadas aos quatro ventos!

Gratidão é a maior virtude que honra a humanidade! O ser que não a conhece é incapaz de realizar qualquer outra boa ação.

Fuja dos ingratos, minha querida filha! Eles receberão de Deus, que é sempre justiceiro, a pena devida por um enorme crime! Crime para o qual os homens ainda não acharam um castigo justo!

A Providência Divina, sabedora dos meus primeiros infortúnios, me presenteou com um filho, que tem feito, contigo, a alegria de minha vida. Espero que ele seja o apoio da minha velhice, e sempre o teu melhor amigo, como tem sido o único companheiro de tua infância. Ame-o com uma verdadeira ternura fraternal e contemple nele a viva imagem de teu pai.

Conselhos à minha filha

Seja condescendente com ele em tudo aquilo que for razoável, obrigando-o, por seu exemplo, a satisfazer todas as tuas vontades.

Ame-o tanto quanto eu amei, quando tive sua idade, os meus dois irmãos, cujos primeiros passos guiei e por quem sempre senti um amor maternal. Um deles é tua tia, que tem direito à tua amizade, gratidão e respeito; é a ela que, depois de tua avó, você deve os cuidados de sua primeira infância. Portanto, respeite-a e ouça sempre aos seus conselhos.

Tenha-a como exemplo para tua conduta, pois sua pureza e virtudes são tão bonitas que nem mesmo consigo dimensionar quanto.

Foi no colo dela que repousei minha cabeça cansada quando, em um país estranho, sofri a grande perda do teu inestimável pai. Ela foi a única amiga cuja voz chegou ao meu coração dilacerado, quando me pedia, entre lágrimas, que vivesse para meus inocentes filhos e para ela! Essa virtuosa menina cuidou de mim e tentou me arrancar da melancolia que me consumia, tornando-me inapta para qualquer ocupação, e fazia-me todos os momentos bendizer os cuidados que dei à sua infância.

Oh! Minha filha, me ajude a compensar minha irmã, essa amiga e companheira que me ofereceu uma amizade pura, sendo um raro exemplo de afeição fraternal. Olhe para ela como uma segunda mãe, coloque-a sempre em teus votos ao Todo-poderoso, peça que lhe prolongue a vida, uma vida feliz, poupando-nos da dor de vê-la partir tão cedo, como aquela irmã querida, por quem tua débil mão por tantas vezes tem me enxugado o pranto. Enfim, dedique para toda a tua família um profundo sentimento de amor e admiração, tenha pressa em tornar realidade os menores desejos dela, acompanhados sempre de tuas ações de benevolência. Se algum dia a família precisar de tua ajuda, imite tua mãe, não hesite por um momento em preferir a felicidade dela à tua! Sacrifique tudo, menos a virtude! A virtude, minha cara filha, que é o mais precioso dom da vida, o primário, o mais poderoso atrativo de uma jovem, e o único escudo com que poderá triunfar das infelicidades da vida! A virtude, repito, é o que você deve preferir neste mundo a todas as conquistas vazias. Afinal, é o que te levará à habitação celestial, preparada pelas mãos da Divindade. Filha do Céu, e tendo nela o seu trono, não poderá ser perturbada pelas mãos profanas dos mortais.

Despreze os que tentarem iludir tua razão com uma doutrina diferente; antepõe uma firme constância aos miseráveis sofismas, de que abundam suas teorias.

É importante que você seja atenciosa com todas as pessoas, em especial com a velhice, que tem direitos a nosso respeito.

Conselhos à minha filha

Em sociedade, aproxime-se sempre dos mais velhos, pois suas experiências e conhecimentos poderão ser de grande utilidade para você. Enquanto os jovens, em grande parte, irão oferecer um entretenimento bem diferente: seus discursos são sempre intermediados por gracejos ridículos, que dizem ter muita graça, mas que só agradam a um espírito tão medíocre como o deles. Uma outra advertência te faz a minha vigilante ternura: nas ocasiões em que não puder ignorar as vozes da lisonja, quando ouvir qualquer elogio ao teu gênio e aos teus talentos, não se mostre desdenhosa, agradeça modestamente, dizendo em seu coração: "*Como são exagerados estes elogios!*".

Minha querida filha, há no mundo dois tipos de admiradores do nosso sexo, um mais comum, outro extremamente raro. No primeiro, estão aqueles homens que nos olham com desprezo, não veem em nós, assim como nessas lindas flores que são colhidas para nos servir como ornamento passageiro, nada mais do que um objeto para agradar os sentidos. Aos seus olhos, uma mulher amável é sempre aquela que reúne mais beleza exterior e, ousados pela fraqueza com que os prejuízos de nossa educação nos apresentam aos olhos do mundo, eles têm estudado e colocado em prática uma linguagem ardilosa para atrair nossa atenção e triunfar dessa fraqueza a despeito de nossa virtude. Eles vão dizer com toda impudência que você é bela como uma rosa e divertida como as ninfas; exaltarão sua habilidade nas belas-artes e compararão você com as filhas de Apolo[13]; considerarão a sua inteligência para os estudos apenas talentos, enquanto, interiormente, lançarão um olhar escrutador sobre a tua fisionomia, querendo ver como você reage aos elogios que eles farão às perfeições que estão longe de crer que você possui! E, se houver alguns menos impudentes e menos galantes, ainda procurarão oprimir aquelas cujos pais mais justos facilitaram-lhes os caminhos das ciências!

O segundo, porém, é daqueles homens cujo coração foi formado na escola da virtude, para honra da humanidade, e se prestam espontaneamente a nos vingar dos ultrajes feitos por aqueles que citei anteriormente

Assim, apresentarão um aspecto sério que expõe muita coragem; expressões honestas que mostram afeições; um jeito calmo que, contudo, demonstra acessibilidade, de que tanto precisamos. Esse é um resumo do quadro que a filosofia dos costumes nos apresenta de um homem que, merecendo as nossas simpatias, tem direito que lhe direcionemos as nossas diferenças.

---
[13] Segundo a mitologia grega, Apolo é o deus das artes e da música, sendo assim, ser uma filha de Apolo significa ter grande talento para as artes em geral.

Conselhos à minha filha

A inteligência deles descrimina profundamente as fraquezas de nossas orações, nos fazendo sentir que estamos frequentemente no erro, nesse que tanto nos induzem. Um homem sério não abusa de uma posição que, facilmente, o ajudaria a realizar alguns planos, aqueles que a desonestidade traz, mas a razão condena. Admirando nossos talentos, ele não receia que ultrapassemos os limites impostos a nós.

É um homem desses, minha filha, que te recomendo. E, para isso, procure a comunicação e cultive a amizade, quando estiver crescida.

Fuja cautelosamente daqueles que só vão elogiar teu exterior, acarretando o aumento da tua vaidade.

Eles não pensam nas desgraças que causam e na viciosa fraqueza que alimentam quando elogiam as mulheres, incentivando-as unicamente a serem amáveis, nem advertem que o sexo foi feito para harmonizar tudo na natureza; eles colocam em oposição o dever natural e o artificial, sacrificando a pureza e a dignidade da vida das mulheres, tudo isso por noções falsas de beleza.

Aqueles que menos elogiarem as tuas qualidades e souberem te admirar em silêncio serão justamente os que mais convencidos estarão delas. A linguagem da modéstia é estéril, enquanto a da lisonja é extremamente fértil.

Advirto, ainda, que entre esses há um tipo de homem que ainda não comentei, mas que são venenosos; por isso, cabe a você ficar prevenida.

São os hipócritas, minha filha! Esses seres detestáveis que sabem manejar as armas de uma aparente modéstia, a fim de que possam mais seguramente chegar a seus fins e fazer cair sobre você os disparos da maledicência.

O vício, engenhoso em disfarçar-se, assume muitas vezes belas formas, com que aparece aos olhos da demente mocidade e a atrai, conduzindo-a sutilmente à ruína, assim como a brilhante chama atrai a borboleta e a consome! Mantenha-se sempre atenta a esses inimigos da tua paz, da tua inocência e felicidade. Assim, você vai precisar de um guia que te advirta e desvie dos perigos que tua inexperta juventude não poderá prever; um guia que deposite em você toda a coragem, sem reserva alguma, e cuja ternura te garanta a solução das tuas fraquezas. Um guia que seja mais interessado em você do que todos, inclusive você mesma; que prefira a tua à sua felicidade. Não adivinhou ainda quem pode ser? O teu coração ainda não o encontrou? Não tenho dúvida nenhuma de que ninguém neste mundo, além de tua mãe, poderia te oferecer tudo isso! Sim, minha cara filha, é tua mãe que coloca em todas as coisas um interesse por você, que te servirá de guia; mas para isso é importante que nem mesmo o menor, o mais insignificante segredo, encontre abrigo contra ela em teu coração. Você deve a ela, como tua primeira amiga, a confissão dos teus pensamentos, inclusive dos teus pequenos erros e defeitos, afinal, eles devem ser submetidos a seu juízo, sem temor algum, mas esperando o perdão. Desgraçados são aqueles que se negam a esse dever!

Não seguindo os seus conselhos em uma idade em que não podem discernir o bem do mal, eles correm vendados por um caminho que os leva a um horroroso abismo, que absorve a felicidade dos maus filhos, preparando-lhes dias de lágrimas e arrependimentos! Oh! Possa, filha querida do meu coração, evitar tão funesta sorte!

Possa ela, pela regularidade de sua conduta, pela sua obediência e docilidade aos conselhos de sua mãe, preparar-se para uma mocidade feliz, e uma velhice sem remorsos!

Máximas e pensamentos para minha filha

Conselhos à minha filha

I

De manhã despertando, ao céu levanta
Teu espírito, filha! Assim farás,
Que sobre ti Deus vele, pois não sabes
Se à terra antes da noite voltarás!

II

Foge ao mal, segue o bem, filha querida,
Em paz ditosa passarás a vida.

III

No prazer, quando bem nos engolfamos,
A sorte contra nós golpes despede;
Brilha o sol no horizonte, e logo, às vezes,
Medonha tempestade lhe sucede.

IV

Paixões não há, nem há dificuldade,
Que da virtude o amor vencer não possa.

V

Sob flores, a serpe venenosa
Se oculta e morde o viajante descuidado;
Assim doces prazeres nos ocultam
Dos vícios o tremendo fel mortífero.

VI

Só a alma medíocre se abate
Ao jugo das paixões, que a razão ferem.

VII

Do mortal infeliz pranteia os danos;
Alegra-te com os bens do virtuoso;
Não invejes os dons que Deus outorga;
Da fortuna ao feliz filho mimoso.

VIII

Do ser indiferente foge, ó filha,
Em sua alma a virtude não habita.

Conselhos à minha filha

IX

Não creias, cara filha, ser feliz
Sempre aquele que tem alegre o rosto,
O riso assombra aos lábios, quando o peito
Sofre mil vezes o fatal desgosto.

X

A vaidade foi sempre em todo tempo
Da feminil virtude a triste escolha.

XI

Feliz quem desde a prima juventude
Trilhou ovante da virtude a estrada;
O passado sem dor se lhe retraça,
E sem susto o porvir seguro aguarda.

XII

Prefere antes passar por ignorante
Que teres o conceito de pedante.

XIII

Plutarco, Milton, Fenelon, Virgílio,
(cujas línguas traduzem) jamais foram
De seu saber vaidosos, mas modestos,
Ilustraram a pátria e a humanidade.

XIV

Estuda, por amor ao mesmo estudo,
E não creias jamais que sabe tudo.

XV

Os homens que pretendem, egoístas,
Das ciências proibir-nos os arcanos,
Contra si pronunciam, sem o crerem,
Sentença que lhes traz terríveis danos!

XVI

Foge o tempo veloz; velozes fogem
Dos míseros mortais os vãos prazeres!

XVII

Terna amiga, inimiga inexorável
É do triste mortal a consciência;
A prima, o coração reto preside;
É do mal a segunda inseparável.

XVIII

Do palácio a ventura às vezes foge,
Para ir habitar na pobre choça.

XIX

No homem poderoso os feios vícios
São apenas defeitos passageiros;
Naquele que a fortuna não protege,
Parece grande crime os mais ligeiros!

XX

A vaidade destrói as paixões nobres,
Bem como o ardente sol a planta cresta.

XXI

Do terno coração de uma mulher
É muito belo ornamento a timidez;
Mil vezes infeliz foi sempre aquela
Que tão bela virtude em si desfez!

XXII

Os homens fizeram leis parciais,
Que a mulher deve julgar naturais.

XXIII

Há armas poderosas que a mulher
Deve empregar com ânimo bastante;
São a doce bondade, a paciência,
A modesta ternura, a fé constante.

XXIV

Desgraçada é a mulher que um só momento
Esquece da modéstia as leis severas!

XXV

Monumentos soberbos, templos, mármores,
Tudo avara destrói do tempo a mão!
A virtude somente passa intacta
Pela sua cruel revolução.

XXVI

Infeliz o mortal que na beleza
Faz consistir os dons da natureza.

XXVII

Os prazeres do mundo se assemelham
À cicuta[14], que ao pé do agrião nasce;
Este ao homem sustenta, enquanto aquela
Faz que este em breve à sepultura passe.

XXVIII

A amizade, a mais nobre das paixões,
Digna só do teu culto, ó filha, seja!

---

[14] Planta venenosa muito comum no Hemisfério Norte.

XXIX

Fugir procura sempre, cara filha,
Aos laços que armar sabe o coração;
A dor, partilha tua eternamente
Será, se impor-lhe deixas à razão.

XXX

Instrução sem virtude na mulher,
Qual mesmo a de Sólon, brilhar não pode.

XXXI

Ao rebelde coração impor silêncio,
Desde já se habitua cuidadosa,
Se queres mocidade ter feliz,
Respeitável velhice, morte honrosa.

XXXII

Da primeira conduta que nós temos,
Depende o bem e o mal que ao fim sofremos.

XXXIII

Aquele que a fortuna má persegue
Seus tesouros avara lhe negando,
De gozá-los às vezes é mais digno,
Que os escolhidos seus, que os vão gozando.

XXXIV

Da mulher que a seu sexo sobressai,
Inimigas cruéis são as mulheres!

XXXV

Em um mundo que justo ser não sabe,
Não desejes brilhar, filha querida;
Da mulher, os talentos fazer devem
Os encantos domésticos da vida.

XXXVI

Quanto mais superior ao sexo fores
Tanto mais da modéstia às leis te ligue.

XXXVII

As que são ignorantes não possuem
A vantagem de uma alma bem formada,
Despeitosas, então, sofrer não podem
Aquelas que instrução têm cultivada.

XXXVIII

Em vão pretendem conhecer segredos
Do futuro, os misérrimos humanos!

XXXIX

Do princípio à borda alegre rimos,
Meus horrores cruéis sempre ignorando;
Pois bem, que em dor amarga nos consola,
Nós chegamos tristes e chorando.

XL

Feliz somente o que prudente e sábio
Em sã religião seus bens contempla.

Excertos da obra de Nísia Floresta Brasileira Augusta

No século XIX, o Brasil vivia sob um regime escravocrata e patriarcal: as mulheres brancas se europeizavam, enquanto as negras eram amas-de-leite; outras, igualmente pobres, tornavam-se vendedoras e quitandeiras, transitando no espaço público com maior frequência que a elite portuguesa; escravos alforriados possuíam outros escravos, mão-de-obra alugada das lavouras, residências e cidades. Em meio a este contexto histórico de antagonismos e desigualdades, nasceu Nísia Floresta. Educadora, escritora e poetisa brasileira, primeira na educação feminista no Brasil, com protagonismo nas letras, no jornalismo e nos movimentos sociais. Defensora de ideais abolicionistas, republicanos e principalmente feministas, posicionamentos inovadores na época, influenciou a prática educacional brasileira, rompendo limites do lugar social destinado à mulher. Capaz de estabelecer um diálogo entre ideias europeias e o contexto brasileiro no qual viveu, dedicou obras e ensinos sobre a condição feminina e foi considerada pioneira do feminismo no Brasil, além de denunciar injustiças contra escravos e indígenas brasileiros. No cenário de mulheres reclusas no casamento e na maternidade, diante de uma cultura de submissão, foi a primeira figura feminina a publicar textos em jornais, na época em que a imprensa nacional ainda engatinhava. Dionísia Pinto ainda dirigiu um colégio para meninas na cidade do Rio de Janeiro e escreveu diversas obras em defesa dos direitos das mulheres, índios e escravos, envolvendo-se plenamente com as questões culturais de seu tempo, através de sua militância sob diversas vertentes[15].

---

[15] Wikipédia. (N.E.)

Nísia Floresta

"Para fazer um trabalho sério sobre qualquer assunto, nos é necessário calma, antes de tudo."

– Direitos das mulheres e injustiça dos homens, 1832

"Não há ciência nem cargo público no Estado que as mulheres não sejam naturalmente próprias a preenchê-los tanto como os homens."

– Direitos das mulheres e injustiça dos homens, 1832

"Todos os brasileiros, qualquer que tenha sido o lugar de seu nascimento, têm iguais direitos à fruição dos bens distribuídos pelo seu governo, assim como à consideração e ao interesse de seus concidadãos."

– Direitos das mulheres e injustiça dos homens, 1832

Conselhos à minha filha

"Se este sexo altivo quer fazer-nos acreditar que tem sobre nós um direito natural de superioridade, por que não nos prova o privilégio, que para isso recebeu da natureza, servindo-se de sua razão para se convencerem?"

– Direitos das mulheres e injustiça dos homens, 1832

"A esperança de que, nas gerações futuras do Brasil, ela [a mulher] assumirá a posição que lhe compete nos pode somente consolar de sua sorte presente."

– Direitos das mulheres e injustiça dos homens, 1832

"Certamente Deus criou as mulheres para um melhor fim do que trabalhar em vão toda sua vida."

– Direitos das mulheres e injustiça dos homens, 1832

Nísia Floresta

"Que as mulheres possam vencer as trevas que lhes obscureceram a inteligência e conhecer as doçuras infinitas da vida intelectual."

– Direitos das mulheres e injustiça dos homens, 1832

"Quanto mais ignorante é um povo, mais fácil é a um governo absoluto exercer sobre ele o seu ilimitado poder."

– Direitos das mulheres e injustiça dos homens, 1832

"Flutuando como um barco rumo ao sabor do vento neste mar borrascoso que se chama mundo, a mulher foi até aqui conduzida segundo o egoísmo, o interesse pessoal, predominante nos homens de todas as nações."

– Direitos das mulheres e injustiça dos homens, 1832

Conselhos à minha filha

"Se cada homem [...] fosse obrigado a declarar o que sente a respeito de nosso sexo, encontraríamos todos de acordo em dizer que nós nascemos para seu uso, [...] reger uma casa, servir, obedecer e aprazer aos nossos amos, isto é, a eles, homens."

— Direitos das mulheres e injustiça dos homens, 1832

"Que personagens singulares! [...] Exigir uma servidão a que eles mesmos não têm coragem de se submeter, [...] e querer que lhe sirvamos de ludíbrio, nós, a quem eles são obrigados a fazer a corte e atrair em seus laços com as submissões mais humilhantes."

— Direitos das mulheres e injustiça dos homens, 1832

Nísia Floresta

"[...] as mulheres, encarregando-se
generosamente e sem interesse do cuidado
de educar os homens na sua infância,
são as que mais contribuem para esta
vantagem; logo, são elas que merecem um
maior grau de estima e respeito públicos."

– Direitos das mulheres e injustiça dos homens, 1832

"Os homens, não podendo negar que
nós somos criaturas racionais, querem
provar-nos a sua opinião absurda e os
tratamentos injustos que recebemos;
eu espero, entretanto, que as mulheres
de bom senso se empenhem em fazer
conhecer que elas merecem um melhor
tratamento e não se submetam servilmente
a um orgulho tão mal fundado."

– Direitos das mulheres e injustiça dos homens, 1832

Conselhos à minha filha

"Para tornar este raciocínio mais convincente não é preciso mais que examinar a estrutura da cabeça, a sede das ciências e a parte onde a alma se faz melhor perceber. Todas as indagações da anatomia não têm ainda podido descobrir a menor diferença nesta parte entre homens e mulheres: nosso cérebro é perfeitamente semelhante ao deles; formamos e conservamos as ideias pela imaginação e memória, da mesma maneira que eles; temos os mesmos órgãos e os aplicamos aos mesmos usos que eles; ouvimos pelos ouvidos, vemos pelos olhos e gostamos do prazer também como eles."

– Direitos das mulheres e injustiça dos homens, 1832

Nísia Floresta

"Julgo, pois, ter provado de uma maneira evidente que não há ciência, empregos e dignidades a que as mulheres não tenham tanto direito de pretender como os homens; pois que eles não podem alegar outra superioridade que a força do corpo para justificar o cuidado que têm de arrogar a si toda autoridade e prerrogativas, que não provam outra incapacidade nas mulheres, que possa privá-las de seu direito, senão a que resulta da opressão dos homens, que é fácil refutarem."

– Direitos das mulheres e injustiça dos homens, 1832

Conselhos à minha filha

"Sempre que brilha um novo dia e que
nos bate à porta o jornal, apoderamo-nos
com solicitude dessa folha e avidamente
percorremos a sessão das Câmaras do dia
antecedente, em procura do assunto que
temos escrito no coração e no espírito – a
educação da mulher brasileira – e dobramos
a folha desconsolados e aguardamos
o dia seguinte, que se escoa na mesma
expectativa, no mesmo desengano."

– Direitos das mulheres e injustiça dos homens, 1832

Nísia Floresta

"Nada, porém, ou quase nada temos visto fazer-se para remover os obstáculos que retardam os progressos da educação das nossas mulheres, a fim de que elas possam vencer as trevas que lhes obscurecem a inteligência e conhecer as doçuras infinitas da vida intelectual, a que têm direito as mulheres de uma nação livre e civilizada."

– Opúsculo humanitário, 1853

"A força não pode nunca persuadir, mas sim fazer hipócritas."

– Opúsculo humanitário, 1853

Conselhos à minha filha

"Feliz aquela que sabe dignamente preencher, sentindo toda a sua grandeza, todas as suas doces obrigações."

– Opúsculo humanitário, 1853

"A vida é curta demais para se consumir parte dela nas angústias dos adeuses, nos sofrimentos."

– Opúsculo humanitário, 1853

"As dores morais do negro passam despercebidas nas habitações do branco."

– Opúsculo humanitário, 1853

Nísia Floresta

"Saber habilmente manejar os brilhos com que faziam grosseiras rendas, girar o fuso para reduzir o algodão a grosso fio, pegar na agulha sem o conhecimento dos delicados trabalhos que dela se podem obter, conhecer o ponto da calda para as diferentes compotas e doces secos, laborar a lançadeira do tear, bambolear a pequena urupema e a fina peneira para preparar depois as massas, colorir as escamas dos peixes ou adaptar as variadas penas dos lindos pássaros tropicais à simetria das flores que fabricavam com umas e outras etc. – tais eram geralmente as ocupações que revelam o talento da jovem brasileira."

– Opúsculo humanitário, 1853

Conselhos à minha filha

"O desleixo, em que continuava assim o ensino público, estava, porém, de acordo com os princípios da metrópole que regia então o Brasil. Era natural que suas mulheres participassem de sua sorte e com ele aguardassem um melhor futuro, confiadas umas e outras nos inexauríveis recursos que lhes prodigalizara a natureza e no amor de seus filhos, desenvolvido sob a influência da brilhante aurora de progresso que se levantou para o presente século. Passemos a considerar se a sua expectativa tem sido ou não iludida."

– Opúsculo humanitário, 1853

Nísia Floresta

"Mães brasileiras, afastai dos olhos de vossos filhos o espetáculo de uma opressão cruel que lhes enerva a compaixão e agrava mais a triste sorte desses míseros a quem deveis, como cristãs, caridosamente dirigir. Ensinai-lhes cedo a olhá-los como nossos semelhantes e, por conseguinte, dignos de nossa comiseração no estado a que os reduziram nossos maiores."

— Opúsculo humanitário, 1853

"Pensem que, quanto mais sua educação for descurada e seu mérito mal reconhecido, tanto mais seus esforços para alcançar o devido lugar e a glória de tê-lo adquirido com o uso constante de suas virtudes naturais as destacarão no grande e maravilhoso quadro da ressurreição moral dos povos."

— Cintilações de uma alma brasileira, 1859

Conselhos à minha filha

"Filha, esposa, mãe! Esta sublime tríade sois vós, ó mulheres, que a representais sobre a terra. Santificai-a com o honrar cada um destes belos títulos, mediante o exercício daquela excelsa virtude que nos faz sempre volver em prol dos outros o bem que fazemos."

– Cintilações de uma alma brasileira, 1859

"O ensinamento da igualdade que deve reinar entre homem e mulher começa neles em relação às próprias irmãs em seus jogos infantis, e em todos aqueles milhares de costumes domésticos, nos quais transparece orgulho excessivo e aquela pretensão do rapazola que tanto vos diverte, que nada mais é, ó mulheres, senão o germe deste presunçoso egoísmo que vos oprime por toda a vida [...]."

– Cintilações de uma alma brasileira, 1859